Wolf Georgij

Urlaub von Gott

Erzählung

Autor: Wolf Georgij

Herausgeber: Wolf Georgij

Bibliografische Information der Deutschen Nationalbibliothek:
Die Deutsche Nationalbibliothek verzeichnet diese Publikation in
der Deutschen Nationalbibliografie; detaillierte bibliografische
Daten sind im Internet über dnb.dnb.de abrufbar.

Verlag: BoD · Books on Demand GmbH,

In de Tarpen 42, 22848 Norderstedt, bod@bod.de

Druck: Libri Plureos GmbH, Friedensallee 273,

22763 Hamburg

ISBN: 978-3-7693-8972-2

Inhalt

Vorwort

Das Leben nach dem Tode ist eine Grundlage des christlichen Glaubens. Selbst der gläubigste Christ hat nicht die geringste Vorstellung davon, wie sich dieses Leben gestalten könnte. Das ist auch nicht notwendig – wichtig ist nur, dass dieser Glaube erfüllt wird. ER wird schon alles richtig machen.

Die vorliegende Geschichte will dafür kein Modell abgeben. Das kann sie auch gar nicht, denn da alle gläubigen Christen ein Recht auf das Leben nach dem Tode haben, sollen das auch alle so erleben.

Die vorliegende Geschichte über ein Leben nach dem Tode trifft nur wenige und schon gar keine Auserwählten. Oder anders gesagt: es ist nur ein Modell um diese Geschichte überhaupt schreiben zu können.

Anmerkung: **ER, IHN** etc. bezieht sich immer auf Gott

Kapitel 1   Die Welt im Werden

Jetzt hat ER selbst erstmal Ruhe nötig. ER ist vollständig erschöpft. Wie lange hat ER nun schon gearbeitet. ER weiß es nicht mehr genau.

Jetzt grollt ER den Menschen! Wie kommen sie nur darauf? Schreiben dreist nieder, ER hätte in sechs Tagen alles erschaffen. Dabei übersehen sie vollständig – obwohl sie es so hinschrieben – dass erst am vierten Tag Sonne und Mond erschienen sind. Sonne und Mond als Taktgeber der Zeit. Und wer hätte die Zeit vorher gemessen?

Ach, ER erinnert sich noch daran was das für eine Schufterei war, bis ER endlich Sonne und Mond erscheinen lassen konnte! Tausende von Jahren. SEIN Zeitgefühl ist auch schon vollständig durcheinander. Aber SEINE Erschöpfung spricht eine deutliche Sprache!

Und wie ER so im Groll zurückdenkt an die schwere Zeit und an die Leichtfertigkeit der Menschen, die das alles als gering erachten, überfällt IHN auf einmal mit Schrecken die Erkenntnis einen Fehler gemacht zu haben!

ER wollte doch die Menschen aus einer Wurzel heraus erschaffen, als Voraussetzung dafür, dass sie, aus einer Wurzel herauskommend, für alle Zeiten Frieden hielten! Das schien IHM eine gute Idee und jetzt hat ER es doch falsch gemacht!

ER hat zwei Menschen gleichzeitig erschaffen. Einen Mann und eine Frau! Wie kann man diesen Fehler nur wieder ungeschehen machen?

Der Gedanke daran raubt IHM Seine Ruhe. ER wird mit Adam darüber sprechen.

Adam ist uneinsichtig, er allein ohne Eva, nein das geht nicht[1]. Also stellt er sich stur. ER ist gezwungen eine List zu finden. SEINE Allmacht erlaubt IHM ja jede List. Es dauert nicht lange und ER hat eine List gefunden. ER lebt wieder auf.

Nach kurzer Zeit trifft ER Adam und Eva im Schlaf. ER vertieft ihren Schlaf, sodass den beiden jedes Bewusstsein schwindet. ER entnimmt aus Adam eine Rippe und erschafft daraus Eva neu.

Jetzt hat das entstehende Menschengeschlecht *eine* Wurzel und wird über die Zeiten, die vor ihm liegen, ein friedvolles Leben führen.

ER, Gott, kann sich zurückziehen!

---

[1] Genesis Kap.2

Und das tut ER dann auch mit großem Behagen an der Ruhe. Es stört IHN auch nicht, dass um IHN herum immer mehr Seelen erscheinen. Das heißt, ER hat alles richtig gemacht. ER hat den Menschen gesagt, seit fruchtbar und vermehret euch. Das tun sie jetzt auch. ER hat den Menschen eine Seele gegeben um sie zählbar zu machen. Die Seele ist das was bleibt, wenn der Körper vergeht. Da um IHN herum immer mehr Seelen erscheinen erkennt ER: sie machen genau das, was ER ihnen aufgetragen hat! Dass es um IHN herum zu voll werden könnte, befürchtet ER nicht. Die Welt um IHN herum ist unendlich und Seelen nehmen keinen Raum in Anspruch.

Zufrieden nimmt ER seinen Ruhetag[2]. Inmitten dieser Ruhe erscheint eine Seele vor IHM. Erstaunt hebt ER seine Augenbrauen und fragt:
„Was willst Du?"
„Ich will Urlaub. Du sollst mir Urlaub geben!"
Stille.
Die Antwort klingt nicht böse oder erzürnt, sondern eher neugierig.
„Mit einem solchen Wunsch ist noch nie eine Seele zu mir gekommen. Wie glaubst Du denn soll so etwas gehen?"

---

[2] Der siebte Tag

„Ich glaube an Deine Allmacht – sprich nur ein Wort und schon ist mein Urlaub genehmigt!"

ER denkt eine Weile darüber nach, dann sagt ER:

„Ich will Deinen Wunsch erfüllen. Ich werde deiner Seele einen neuen Körper geben, mit dem du zur Erde zurückgehen kannst. Aber der Ort an den du zurückkehrst bleibt dem Zufall überlassen und alle anderen Lebensumstände auch. Du bist ganz auf dich allein gestellt. Und wenn du wieder hierher zurückkehrst, komm sofort zu mir und berichte über deine Erlebnisse."

Sein Entschluß ist nicht ohne Hintergedanken gefallen. So muß ER nicht nur immer auf das hören, was von unten zu IHM heraufdringt. ER kann so auch mal auf direktem Weg hören, was auf der Erde vor sich geht! ER muß nur aufpassen, dass ER die Seele nicht aus den Augen verliert und sie zu sich rufen, wenn sie zurückkehrt. Denn das Erinnerungsvermögen von Seelen ist gering.

Die Seele macht sich voller Erwartungen auf den Weg. Sie kommt auf der Erde an, als gerade ein Kind kurz davor ist geboren zu werden. Die Seele schlüpft in den Körper des Kindes und ermöglicht ihm so geboren zu werden. Die Seele allerdings erkennt nicht, dass sie in dieser Lage schon einmal war.

Die Seele erlebt so die Kindheit, die Jugend, das Erwachsenwerden, die Zeit als Erwachsener, das Alter und das Leben als Greis, in dem sie, die Seele, diesem das Leben erst ermöglicht. Mit dem immer Schwächerwerden des Körpers verlässt die Seele diesen und kehrt zurück zu Gott.

ER, der den Urlaub gegeben hat, erkennt in dem immer dichter werdenden Andrang der Seelen um IHN herum die zurückgekehrte Seele sofort und ruft sie zu sich.

„Du erinnerst dich an unsere Abmachung?", spricht ER die Seele an, „also berichte!"

Die Seele erschrickt, hatte sie doch alles vergessen. ER hat Zeit und drängt nicht zur Antwort.

Langsam fängt sich die Seele wieder und beginnt stotternd mit ihrem Bericht.

„Oh Herr, es ist schrecklich. Die Menschen leben auf der Erde in höchster Not[3]. Im Sommer finden sie kaum Schatten. Bei großer Hitze versiegen die Flüsse und Bäche. Zu trinken gibt es nur aus brackigen Tümpeln. Dabei müssen die Menschen ständig wandern. Es gibt dort keinen festen Ort, der sie das ganze Jahr über mit Nahrung versorgen würde. Sie leben von Früchten, Nüssen und Wurzeln, die sie mühsam sammeln oder ausgraben müssen. Oft sind

---

[3] gemeint ist hier die Altsteinzeit

die Tiere schneller, sie müssen den Tieren ausweichen und neue Plätze zum Sammeln finden. Aber ein Bleiben gibt es nirgendwo. Sie sind ständig unterwegs.

Noch schlimmer ist es im Winter. Es ist eisig kalt. Es fällt Schnee oder Regen, der zu Eis friert. Auch durch Wandern finden sie keine neue Nahrung. Wer im Sommer nicht genügend gesammelt hat muß hungern. Keiner hat so viel, dass er davon etwas abgeben könnte. Wie kann man die Menschen nur in einer solchen Welt leben lassen?"

Die Seele stockt und schweigt. Ihr wird bewußt, dass sie soeben die Allmacht Gottes infrage gestellt hat.

Aber ER bleibt völlig ruhig und spricht:

„Ich habe die Menschen erschaffen. Mit Bedacht habe ich sie aus einem Stamm erschaffen. Als Mann und Frau, die Frau aus einer Rippe des Mannes. Zwischen zwei großen Strömen habe ich ein Paradies für sie geschaffen[4]. Eine Welt des ewigen Frühlings. Sauberes Wasser im Überfluss. Genug Früchte für alle, das ganze Jahr über. Es gab keine Beschränkungen für sie. Sie waren frei! Nur eines durften sie nicht: von den Früchten des Baumes der

---

[4] Euphrat und Tigris

Erkenntnis nehmen und von diesen essen. Doch genau das haben sie getan!

Es war ihnen bewußt, dass diese Tat die Verbannung aus dem Paradies bedeuten würde. Doch genau dieses haben sie getan!

Es war ihnen bewußt, dass genau durch diese Tat meine schützende Hand über ihnen zurückgezogen würde. Doch genau dieses haben sie getan!

Obwohl ihnen das alles bewußt war, dass die Verbannung die Folge dieser Tat sein würde, haben sie doch genau dieses getan!

Was könnte ich noch für sie tun?"

Die Seele schweigt. Sie weiß, dass es darauf keine Antwort gibt.

Auch ER fügt nichts hinzu.

Es folgt ein langes Schweigen, dann kommt noch eine Frage an die Seele:

„Möchtest du nochmal zurück?"

„Nein!"

ER ist wieder alleine. Um IHN schweben lautlos die Seelen der von der Erde gegangenen Menschen. Und IHM wird immer klarer, dass IHM soeben vorgeworfen wurde, eine unvollkommene Welt geschaffen zu haben.

Soll ER es noch einmal versuchen?

ER kommt ins Grübeln. Natürlich ist IHM bewußt, dass ER ewig ist. Bevor ER angefangen hatte diese Welt zu erschaffen, muß ER also etwas anderes getan haben. Dass ER einfach nur da war ist ausgeschlossen – ER muß etwas getan haben. Vielleicht hat ER in dem unendlichen IHM zur Verfügung stehenden Raum irgendwo eine andere Welt erschaffen. ER kann sich nicht mehr erinnern. Aber ER muß etwas erschaffen haben, also warum keine andere Welt?

Und genauso würde es IHM gelingen noch einmal einen Versuch zu machen. Die Zeit, die ER dafür bräuchte stünde IHM ja zur Verfügung. ER nimmt sich vor darüber nachzudenken.

Während ER so nachdenkt ist IHM schon seit geraumer Zeit aufgefallen, dass eine Seele sich immer nur um IHN herum bewegt. Sie kommt immer näher und traut sich dann doch nicht mit IHM Kontakt aufzunehmen. ER beobachtet dieses Spiel mittlerweile sehr aufmerksam und beschließt von sich aus die Seele nach ihren Wünschen zu fragen:

„Was willst du?"
„Ich will Urlaub."
„Hier gibt es keinen Urlaub!"
„Mit deiner Allmacht kannst DU alles möglich machen!"

„Also, wozu willst du Urlaub?"

„Ich will auf die Erde zurück, für kurze Zeit, um nachzuschauen, was aus der Welt aus der ich komme geworden ist."

IHM kommt dieser Wunsch sehr gelegen. Wie durch einen Blitzstrahl, der durch seinen Geist schießt, wird IHM klar: ER muß keine neue Welt erschaffen, um seine Zeit zu füllen. ER muß sich um diese Welt kümmern. Auch wenn ER mit Enttäuschungen rechnen muß. Vielleicht kann ER, wenn's allzu schlimm wird, noch einmal eingreifen.

„Ich werde deinen Wunsch erfüllen," sagt ER zu der Seele. „Aber wenn du wieder kommst – und du wirst wiederkommen – erwarte ich deinen genauen Bericht."
Damit entlässt ER die Seele auf die Erde.

Auch diesmal geht alles so wie üblich, wenn auf der Erde Seelen verteilt werden. Auch diese Seele schlüpft in einen Körper, der gerade aufnahmebereit ist und durchlebt so dessen Leben. Was sie, diese Seele, später einmal IHM erzählen wird, unterliegt also dem reinen Zufall. Aber diese Gedanken muß sich die Seele nicht machen, darüber muß ER nachdenken. Die Seele muß vorerst nur glücklich darüber sein, Urlaub bekommen zu haben.

Wieder ist es nur der reine Zufall, wohin die Seele bei der Neugeburt gerät. Sie durchlebt ihre Spanne Zeit und kehrt dann wieder zurück zu IHM.

ER erkennt die zurückgekehrte Seele sofort und ruft sie zu sich, um ihren Bericht zu hören. Insgeheim hofft ER, dass dieser Bericht nicht so enttäuschend ausfallen wird, wie ER es noch von der vorherigen Seele in Erinnerung hat. ER fordert die Seele auf zu sprechen und diese beginnt sofort mit ihrem Bericht:

„Auf der Erde ist es wunderbar! Der Wechsel der Jahreszeiten ist immer noch streng, doch die Menschen haben gelernt, sich vor Unbill zu schützen und bei allen Jahreszeiten ein gutes und zufriedenes Leben zu führen[5]. Das liegt daran, dass sie gelernt haben, Häuser zu bauen. Wie das vor sich gegangen ist weiß von ihnen keiner mehr, aber alle wissen, wie man Häuser baut. Das Wichtigste dabei ist, so wie ich beobachtet habe, dass sie Werkzeug haben, um in den ausgedehnten Wäldern Bäume zu fällen, die sie mit Hilfe der bei ihnen lebenden Tiere an den Ort schleppen lassen, wo ihre Häuser entstehen sollen.

---

[5] Jungsteinzeit

Mehrere Häuser an einem Ort nennen sie Dorf. Die Häuser werden errichtet, indem die Menschen Stämme aneinander lehnen, die mit dünnen Fäden, die sie Bast nennen, so verbunden werden, dass aus einer großen Anzahl von Bäumen ein Dach entsteht. Die Natur liefert ihnen Stroh um das Dach abzudichten. Damit wird verhindert, dass Wasser von oben eindringt. Das passiert trotzdem immer wieder, sodass die Menschen gehalten sind, die Dächer ihrer Häuser ständig neu abzudichten. Im Winter dann leben alle, Menschen und Tiere, unter diesen Dächern und halten sich warm, indem sie an einer bestimmten Stelle im Haus ein Feuer anzünden. Einer im Haus hat die einzige Aufgabe dieses Feuer ständig am Leben zu erhalten.

Kommen dann das Frühjahr und der Sommer, sind alle wieder draußen und bearbeiten den Boden rings um ihre Wohnhäuser. Sie reißen den Boden auf und streuen in die so entstandenen Rinnen etwas, was sie Samen nennen. Der ausgestreute Samen wird ständig bewacht, damit er nicht etwa von Tieren aufgefressen wird. Und er wird ständig feucht gehalten. Dazu holen sie Wasser aus einem nahegelegenen Bach, Wasser, dass rein und klar ist. Das Wasser holen sie in Gefäßen, die sie Krug nennen. Die Gefäße sind aus Tonerde, die im Feuer hart gebrannt werden.

Auch die Tiere sind jetzt im Freien und verschaffen sich ihre Nahrung selbst aus dem was die Natur ihnen bietet. Menschen sind bei den Tieren, um diese zu schützen und um dafür zu sorgen, dass sie sich nicht verlaufen können.

Eine schöne Welt, die ich da gesehen habe," fasst die Seele zusammen. "Gerne wäre ich dageblieben."

ER ist von diesem Bericht begeistert. Und während ER noch über dieses Leben nachdenkt, steht schon wieder eine Seele vor ihm und verlangt Urlaub. ER weiß nicht, ob ER das jetzt noch gut finden soll.

Die Seele sagt:

„Ich will Urlaub."

„Hier gibt es keinen Urlaub!"

„Mit Deiner Allmacht kannst Du alles möglich machen!"

„Also, wozu willst du Urlaub?"

„Ich will auf die Erde zurück, um zu sehen, was aus der Welt, aus der ich komme, geworden ist."

ER denkt nach und entscheidet nach kurzem Nachdenken, dass ER der Seele doch Urlaub geben will.

Kapitel 2   Fremde Götter

Die Zeit vergeht viel zu schnell und schon ist die Seele wieder bei IHM, bei Gott, und muß Bericht erstatten.

„Es ist sehr heiß auf der Erde. Die Menschen sind dadurch sehr leichtsinnig und leicht erregbar. Wegen der kleinsten Kleinigkeit geraten sie in Zank und Streit. Sie haben vieles geschaffen: Sagen und Geschichten in Erinnerung an frühere Zeiten, sogar Theaterstücke als Erzählhilfen, Versuche zur Erklärung der Welt, großartige Bauwerke – wirklich begabte Menschen. Aber all das verblasste sofort, wenn sie in Streit gerieten. Dann griffen sie gleich zu den Waffen, von denen sie auch sehr viele geschaffen hatten und zogen sofort in den Krieg[6]. Bevor sie loszogen, beteten sie zu den Göttern und baten um deren Gunst und Unterstützung für das Gewinnen des Krieges. Das Bemerkenswerteste aber war, diese Götter waren alle aus Stein. Es gab unzählige davon. Bald an jeder Straßenecke gab es einen steinernen Gott. Es gab männliche und weibliche Götter, bewaffnete und unbewaffnete

---

[6] Zeitalter des Hellenismus

Götter, bekleidete und unbekleidete Götter, große Götter, kleine Götter. Aber alle aus Stein. Wie kann ein Gott aus Stein Wünsche erfüllen?

Sie schreiben auch Geschichten über die Götter. Geschichten von großen Taten. Geschichten, wie sie Heere zum Sieg geführt haben oder wie sie Menschen aus großer Not gerettet haben. Aber wie ich das einschätze, glauben sie selbst nicht daran. Ich glaube sie tun das nur, um anderen Menschen zu zeigen, wie überwältigend ihre Fähigkeiten sind, um damit Ruhm zu erwerben."

ER hört geduldig zu. Das war ein langer Bericht. ER wird noch eine Weile darüber nachzudenken haben. Einstweilen bedankt ER sich bei der Seele. ER fragt sie aber nicht, ob sie zurückkehren möchte. Diese Seele hätte „Ja" gesagt.

Sie wird entlassen und mischt sich unter die anderen Seelen.

ER fühlt, dass ER jetzt tatsächlich einiges nachzudenken hat. Zwei Seelen waren gekommen und wollten Urlaub von ihrem Gott. ER hat den Urlaub gewährt, denn die Gründe waren plausibel, wenn auch nicht zwingend. Sie kamen zurück mit vollständig unterschiedlichen Erkenntnissen. Der einen Seele war es zu kalt, der anderen zu warm, wenn nicht gar zu heiß. Dadurch, dass sich der Ort ihrer Rückkehr zur Erde rein zufällig ergab, war auch keine Harmonie in den dort gewonnen Erkenntnissen zu erwarten.

Die Lösung ist einfach – ER muß den Zufall ausschalten und die Orte der Rückkehr nach harmonischen Gesichtspunkten auswählen. Mit diesem Thema muß ER sich also im Einzelfall beschäftigen.

Was IHN aber wirklich empört ist, dass sich die Menschen nach eigenem Gutdünken steinerne Götter schaffen. Was wollen sie mit steinernen Göttern anfangen? Steinerne Götter sind ohne Seele. Man kann sie nicht ansprechen und sie geben keine Antwort. Leidet der Mensch an Seelenqualen spendet der steinerne Gott keine Hilfe. Der Stein ist einfach nur da und muß, damit er auch wirklich dableibt, gepflegt werden. Er bedarf der Fürsorge anstatt, dass er den Menschen Fürsorge gewährt. Wirklich empörend! Eine Umkehrung der Aufgaben!

Die Menschen müssen schon sehr viele Qualen erduldet haben, dass sie solche Hilfe beanspruchen. Was kann man nur tun, um Ihnen wirklich Hilfe zu leisten? Auch für IHN ist es nicht leicht, machbare Hilfestellungen zu ersinnen. Langsam und noch nebelhaft zeigt sich IHM nach langem Nachdenken ein Weg. Menschen können Menschen ansprechen und von den angesprochenen Menschen Antworten erwarten. Wenn diese angesprochenen Menschen auch noch besondere Eigenschaften haben, können deren Antworten durchaus hilfestellend sein.

ER wird jetzt also nicht warten bis Seelen zu IHM kommen und Urlaub haben wollen. Nein, ER wird jetzt selbst Seelen erwählen, die ER mit dem Auftrag zur Erde schicken kann, Menschen zu finden, deren Geist so hochstehend ist, dass sie auch auf schwierige Fragen Antworten finden können. Und ER selbst wird diese Menschen begleiten und ihnen beim Finden von Antworten helfen. ER wird Menschen zu Halbgöttern machen! Das freilich nicht für die Ewigkeit.

Mit großer Sorgfalt wählt ER für diese Aufgabe geeignete Seelen aus, erklärt ihnen ihre Aufgabe und schickt sie zur Erde. Es dauert gar nicht lange, da kehren die Seelen zu IHM zurück und erzählen, was sie bis jetzt erfahren haben:
Eine Seele erzählt von dem spartanischen Admiral Lysander, der viele Inseln vom Joch der Fremdherrschaft befreit hat. Die Einwohner haben ihm angeboten, ihn wie einen Gott zu verehren und

um seine Einwilligung gebeten. Er hat eingewilligt und so mußte der Kult einer steinernen Göttin dem neu eingerichteten Lysanderkult weichen.

Eine andere Seele erzählt von dem ägyptischen König Ptolemäus, der seine Untertanen so vortrefflich führt, dass sie allen Göttern abgeschworen haben und nur noch ihn, Ptolemäus verehren. Er duldet das stillschweigend, auch ohne gefragt worden zu sein.

Und schließlich die dritte Seele, die letzte der ausgesandten, hat etwas ganz Besonderes. Sie erzählt von einer reichen Frau in Santorin, Epicteta mit Namen, die sich selbst zur Halbgottheit erhoben hat und für sich selbst einen Kult eingerichtet hat. Ihre Erben müssen diesen Kult, der drei Tage währt, peinlich genau einhalten, sonst verfällt ihr Erbe.

ER, der Auftraggeber dieser Mission ist sehr zufrieden mit dem Ergebnis. Zeigt es IHM doch zwei Dinge: zum einen ist es tatsächlich von Vorteil, wenn ER die Dinge selbst steuert, und darüber hinaus sind die Menschen mit den steinernen Göttern nicht mehr zufrieden. Diese kann man zwar ansprechen, aber sie bleiben stumm. Die Menschen wollen einen Gott, der nicht nur ansprechbar ist, sondern in Notlagen auch Hilfe anbieten kann. Die menschlichen Halbgötter sind vorerst ganz richtig – aber in SEINEM Geist reift ein Plan, wie diese Ansprechbarkeit verbessert werden könnte. Zunächst aber sollten mehr dieser menschlichen Lichtgestalten gefunden werden, die dann als Mittler zwischen IHM und den Menschen auftreten könnten.

Es gilt nun solche Menschen zu finden.

ER schaut sich unter den IHN umgebenden Seelen um und wählt bedächtig solche Seelen aus, die auf Erden Menschen finden sollen, die man durch göttliche Beratung in die Lage versetzen könnte, den Menschen als Mittler zwischen ihnen selbst und IHM, dem Gott, aufzutreten. Wenn diese den Menschen dann als Halbgötter erscheinen würden, sollte das für den Anfang nicht verwerflich sein. Wichtig wäre nur, diese Menschen als Mittler zwischen Menschen und Gott zu sehen.

Darauf will ER hinarbeiten und schickt eine Reihe von Seelen aus, solche Erdenbürger zu finden. Das wird seine Zeit dauern bis man IHM solche Erdenbürger nennt, mit ausreichender Qualifikation für solche Aufgaben.

Nun hat ER Zeit darüber nachzudenken, wie ER diesen eingeschlagenen Kurs richtig zu steuern hat, um auch in SEINEM Sinne damit Erfolg zu haben. Je länger ER darüber nachdenkt und so schön dieser

Gedanke auch war, so beschleichen IHN doch leise Zweifel, die sich nach und nach verstärken.ER kennt doch die Menschen – schließlich hat ER sie ja erschaffen. ER weiß, dass den Menschen, die zu sehr verehrt werden, diese Ehren zu Kopf steigen und sie langsam aber sicher dazu führen eine solche Machtfülle auch zu mißbrauchen. Sie wären dann nicht mehr zur Hilfestellung für andere bereit, und zwar unter allen Umständen bereit, nein, sie würden mehr und mehr in eine Machtstellung über die anderen hineinwachsen. Am Ende stünde ein Machtmißbrauch und schlußendlich ein Bewußtsein, selbst ein Gott zu sein. Dafür gibt es leider auch schon zu viele Beispiele.

Dieser Weg, der so viel versprochen hatte, kann also nur ein Übergang sein, um den Menschen in ihrer jetzigen Not Hilfe zu geben. Ein gangbarer Weg, der auf Dauer erfolgreich ist, muß also noch gefunden werden. Über diesen Gedanken will ER jetzt eine Weile ruhen.

Kapitel 3   Eine faszinierende Idee

Jetzt hat ER die Lösung!

ER wird sich einen Sohn erschaffen und diesen zur Erde schicken. Und schon beginnt ER darüber nachzudenken, wie ER diesen Sohn gestalten will.

Er soll als Mensch unter Menschen leben.

Er soll von dem Wissen, dass er Gottes Sohn ist, keinen Gebrauch machen, um so allen Versuchungen gewachsen zu sein.

Er soll meine Gesetze, die ICH vor langer Zeit den Menschen gegeben habe, vertreten; jedoch nach seinem Gutdünken Gesetze, die ihm so wie sie sind nicht angemessen erscheinen, so verändern können, wie sie nach seiner Meinung den Menschen am Wirkungsvollsten dienen können.

Es soll ihm bewußt sein, dass er als Mensch sterblich ist und so zu mir zurückkehren wird.

Und so geschieht es.

Von den zurückkehrenden Seelen, die ER vor langer Zeit ausgesandt hat, hört ER, wie sein Sohn aufgenommen wird.

„Er kümmert sich vor allem um die armen, entrechteten Menschen in dem Land, in das DU ihn geschickt hast. Sie können nicht alle Deine Gesetze erfüllen, die Du ihnen einmal gegeben hast. So erlässt Dein Sohn ihnen die schweren Bürden unter denen sie leiden und verspricht ihnen trotzdem die ewige Seligkeit. Die Reichen des Volkes sind ihm deshalb sehr gram, denn sie wollen nicht mit den Armen dereinst in Deinem Reich zusammenleben. Das wäre unter deren Würde.

So wandert Dein Sohn mit den Armen durch ihre Länder, tröstet sie in ihrer Pein, heilt ihre Wunden und verspricht ihnen die ewige Seligkeit. Die Reichen Deines Volkes aber tun ihm nie genug; sie geben den Armen, Entrechteten nie genug für ein auskömmliches Leben. Ganz im Gegenteil. Sie, obwohl reich genug für ein gutes Leben, übervorteilen die einfachen Leute wo immer sie können. Dein Sohn ist nicht ihr Freund.

Und da gibt es noch die Herren, die Machthaber, die in Deinem Land leben[7]. Ihnen mißfällt die Botschaft, die Dein Sohn immer und überall verkündet. Er verkündet die baldige Ankunft Deines Reiches auf Erden. Aber deren Reich ist bereits da – es beherrscht die ganze Welt. Und zwei Reiche in einer Welt kann es nach ihrer Meinung nicht geben auf Erden. Dein Sohn sollte sich von diesen

---

[7] gemeint sind die Römer

waffentragenden Menschen fernhalten. Aber er fürchtet sich nicht."

Alle Seelen, die zu IHM zurückkehren, bringen die gleiche Botschaft. Wie wird Sein Sohn wohl enden auf Erden?

Der Sohn geht seinen Weg. Der Vater hat ihm einen Auftrag gegeben und sogar Bedingungen daran geknüpft und der Sohn führt diesen aus. Unerschrocken wandert er durch sein Land und besucht auch die Länder der Heiden. Seine Botschaft ist die Nächstenliebe, bedingungslos, selbst seine Feinde soll man lieben; die Gesetze soll man halten, womit er nicht die Gesetze früherer Zeiten meint, sondern die, die er in seinem Umgang mit den Menschen und durch Kenntnis deren Nöte neu definiert hat; er fordert Frieden auf Erden, der ewig währen soll.

Und er verkündet das nahende Reich Gottes, seines Vaters. Er spricht nie über sich als Sohn Gottes. Wenn er mit den Zuhörern seiner Predigten, die reichlich zu ihm kommen, betet, so ruft er „Unseren Vater" im Himmel an.

Aber er heilt Kranke und vollbringt auch andere wunderbare Dinge, die den Menschen so nicht gegeben sind, so dass seine Bewunderer ihm schon insgeheim göttliche Kräfte zuschreiben. Und so schafft er sich auch Feinde.

Der Zwiespalt zwischen seinen Lehren und den alten herkömmlichen Gesetzen wird immer größer. Und damit auch die Kluft zwischen den Anhängern seiner Lehren und den Anhängern der althergebrachten Sitten und Gesetze.

Sobald sich eine Gelegenheit ergibt, klagen ihn die Vertreter der alten Lehren bei der Obrigkeit an[8]. Die Obrigkeit folgt den Argumenten der Kläger und verurteilt ihn.

So kehrt der Sohn zu seinem Vater zurück.

Es wird still um den Sohn. Aber nur an der Oberfläche. Seine Anhänger sind erbost über das Urteil der Obrigkeit. Die, die schreiben können, notieren ihre Erinnerungen an ihn, um wenigstens den Kern seiner Lehren zu erhalten.

Diese Notizen werden zum Thema der Lehren der neuen Propheten, die die Erinnerungen an den Sohn wachhalten wollen. Davon gibt es viele: Apolonius, Kephas, Donatius, Arius, Paulus und viele andere. Nur Paulus hat seine Botschaften aufgeschrieben und damit der Nachwelt erhalten.

---

[8] gemeint sind die Anhänger der Thora

ER, der Vater, ist erschüttert über das, was Sein Sohn IHM da über sein Erdenleben berichtet. Und ER bereut, dass ER damals nicht dem Impuls nachgegeben hat einen neuen Himmel und eine neue Erde zu erschaffen.

Die Propheten empfinden in sich den Ruf, die neue Lehre in die Welt zu tragen, und beginnen ihren Weg nach Westen, in Richtung der Hauptstadt der Welt[9]. Sie bleiben nicht zusammen, denn sie wollen alle Menschen erreichen. Auf diese Weise werden ihre Verkündigungen nach und nach unterschiedlich, denn jeder hat andere Erinnerungen und hat andere Vorstellungen von der Richtigkeit seines Wissens um die Botschaft des Sohnes.

Die alte Lehre Gottes, die ER den Menschen gegeben hat, ist in fünf Büchern niedergeschrieben und damit unveränderlich[10]. Die neue Lehre des Sohnes unterliegt noch der Interpretation der Propheten und hat noch keinen festen Rahmen. Aber alle, die in die Welt hinausgehen und die Lehren des Sohnes verkünden, haben die feste Überzeugung, dass sie ihn richtig verstanden haben.

---

[9] gemeint ist Rom
[10] gemeint ist die Thora

Kapitel 4   Eine schwere Last

Die Welt, in die es die Propheten hineinzieht, ist ihnen feindlich gesonnen. Die Menschen, die das mächtigste Reich bewohnen, das die Erde je gesehen hat und je sehen wird, haben ihre Götter schon erkoren und wollen von ihnen nicht abweichen. Diese kommen aus einer fernen, alten Welt, deren Weisheit für immer anerkannt ist und sein wird, und deren Götter auch die richtigen sein müssen, für die mächtigste Welt dieser Zeit. Außerdem haben diese Götter immer fröhlich und unbeschwert gelebt und sind so immer mehr geworden. Warum sollte man sich solche Götter nicht erwählen? Solche Vorbilder liebt doch jeder.

Und jetzt kommen da Propheten aus dem Osten, die behaupten, dass ihre unbekannten Götter das fröhliche Treiben der alten Zeit, dem nun alle Menschen verfallen sind, mißbilligen. Nein, das ist nicht unsere Welt sagen sie.

Und wieder treten Seelen vor Gott und verlangen Urlaub. Sie verlangen den Urlaub nachdrücklich. ER hat beinahe vergessen, dass es so etwas schon einmal gegeben hat. Jetzt ist ER fast überrumpelt und gewährt gleich mehreren Seelen Urlaub, ohne zu fragen, zu welchem Zweck sie den Urlaub haben wollen. Kaum hat ER den Urlaub gewährt, sind die Seelen schon weg. Sie werden wiedergeboren an verschiedenen Stellen des großen Reiches. Am Ende ihrer Lebensspanne gelangen sie zurück zu IHM und erzählen alle das gleiche:

Die Menschen sind empört. Wer sich als DEIN Anhänger zu erkennen gibt wird verfolgt, gefoltert, getötet; wer sich als Anhänger DEINES Sohnes zu erkennen gibt wird verfolgt, gefoltert, getötet. Und was tust DU? Hast DU keine Macht, den Menschen, die DIR folgen zu helfen? Hat DEIN Sohn keine Macht, den Menschen, die ihm folgen zu helfen? Wenn sie sich schon zu EUCH bekennen, könnt IHR sie dann nicht schützen? In EUREN Schriften versprecht IHR nur Glück und Seligkeit. IHR versprecht das ewige Leben. Und was geschieht mit den Menschen, die EUCH folgen? Sie erleiden den Tod!

Sie müssen sich verstecken. Sie leben in Höhlen. Wenn sie sich versammeln, um DIR zu dienen, um DICH zu preisen, müssen sie unterirdische Katakomben aufsuchen, um sich nicht zu verraten. Wenn sie sich nicht verstecken und sich in aller Öffentlichkeit zu DIR bekennen, erleiden sie den Tod!

ER schweigt. Auch sein Sohn schweigt. Das Versprechen des ewigen Lebens ist das Einzige, was sie geben können. Die Menschen müssen sich entscheiden. Sie kennen die Alternative.

Ruhe kehrt ein um IHN.

Vor IHM erscheinen keine Seelen mehr, die um Urlaub nachfragen. Doch es vollzieht sich ein Wandel. Trotz der Fährnisse, die sie zu erwarten haben, entscheiden sich immer mehr Menschen für eine Nachfolge ihres Gottes und seines Sohnes.

Die Propheten Paulus, Donatius und Arius sind standhaft geblieben. Haben mit großem Mut ihre Wahrheiten verkündet und haben viele Anhänger gefunden. Sie erhalten auch einen Namen. Denn sie erkennen Christus, den Sohn, als den Herrn an und nennen sich im Folgenden Christen. Das führt zu einem weitreichenden Gemeinschaftsgefühl. Sie werden immer noch verfolgt, aber nicht mehr so bedingungslos wie früher.

Das hat auch ihre Toleranz gegenüber dem Althergebrachten bewirkt. Sichtbares Zeichen ist die Teilnahme an einem Ritual, das der eine oder andere Herrscher, der sich als göttlich ansieht, von ihnen fordert: zu seinem Jahrestag müssen die Untertanen, seiner Göttlichkeit zu Ehren, auf seinem Gedenkstein

ein Glas Wein ausgießen. Dieses Ritual fürchten die Christen nicht mehr. Sie gießen den Wein aus und machen damit nur einen Stein naß. Auch andere Rituale sehen sie gelassen. Diejenigen, die diese Rituale strikt verweigern, müssen nach wie vor mit Verfolgung und Tod rechnen. Die so handeln haben trotz der Todesdrohung keine Angst mehr vor Verfolgung und Tod und nehmen diese Qualen zur Ehre ihres Gottes ruhig in Kauf.

Aber einen Sinneswandel bei den Mächtigen der irdischen Reiche bewirken sie dadurch nicht. Je nach der Vorstellung eines Regierenden dieses weltbeherrschenden Riesenreiches werden die Verfolgungen stärker oder schwächen sich auch ab. Schließlich kommt da ein Herrscher, der mit unbeugsamem Hass die Christen verfolgt. Aber er sieht und erkennt auch, dass er damit nichts bewirkt. So macht er gegen Ende seines Lebens eine Kehrtwende und erlässt ein Edikt, dass den Christen volle Bewegungsfreiheit gewährt und ihrer Religionsausübung vollständige Toleranz zusichert[11].

---

[11] Toleranzedikt des Kaisers Galerius

Kapitel 5   Die Wende

Für IHN ist die Überraschung groß, denn plötzlich kommen wieder Seelen zu IHM, die Urlaub erheischen. Sie, die zu ihren Lebzeiten auf Erden sich verstecken mußten und immer in Angst leben mußten, wollen nun auch wissen, wie es ist, frei von Angst sein Leben führen zu dürfen.

ER gewährt jeder Seele die kommt Urlaub, aber keine von ihnen kann einen Wunsch äußern, wohin sie auf Erden hinmöchte. Es geht nach den Regeln, die auch schon vor langer Zeit üblich waren. Wo auch immer ein Kind vor der Geburt steht und eine Seele braucht, wird die nächste, die gerade dran ist von IHM hingeschickt. So erhofft ER sich aus vielen Teilen der Welt Nachrichten zu erhalten. Nachdem deren Zeit um ist, kehren sie zu IHM zurück und erstatten Bericht.

„Den Erdenbürgern von heute geht es gut. Sie können leben wie sie wollen und glauben was sie wollen. Sie können nach ihrem Glauben leben, welcher Glaube es auch ist. Da sind alte Menschen, die nicht mit neuen Ritualen beginnen wollen[12]. Es

---

[12] der jüdische Glaube

gibt viele Zweifler, die nicht entscheiden können, welchen Weg sie einschlagen sollen. Da gibt es alte Priester, die von den alten Göttern und deren Wohltaten reden. Und was jahrtausendelang gut und richtig war, warum sollte das auf einmal falsch sein? Da gibt es viele junge Menschen, die noch keine Meinung haben. Und junge Menschen wollen Neues. Sie wollen nicht nach alten Regeln leben, die sie eigentlich noch nie geliebt haben, da sie durch diese Regeln viel zu eingeschnürt leben müssten. Sie wollen Neues[13]. Und was die Verkünder des neuen Glaubens sagen, das trifft ihre Wünsche. Diese Menschen sprechen nicht von alten Zwängen, auch ER der alte Vater, kommt kaum zu Wort. Sie sprechen nur von IHM, dem Sohn.

Wie der Sohn auf die Erde gekommen ist, dass er tatsächlich einen Beruf lernen mußte, so wie sie, die Jungen, es heute auch tun müssen. Sie sprechen von seinem Reden, das keine Zwänge artikuliert, sondern vor allem Nächstenliebe und von Frieden auf Erden, den die zukünftige Gesellschaft erreichen kann und soll. Er, der Sohn, hat die reichen, alten Rechthaber gemieden und sich zu den Armen gesetzt und deren Los erleichtert und ihnen dennoch den Himmel versprochen, was den Unmut der reichen Rechthaber hervorgerufen hat.

––––––––––––––––––––––––––––

[13] gemeint sind die Christen

Und Seine Göttlichkeit hat er durch die Wunder, die er vollbracht hat, bewiesen.

Das sind die Reden, die die jungen Menschen überzeugen und sie strömen zu den neuen Altären und wollen sich taufen lassen. Und das Beste, sie müssen kein Strafgericht erwarten.

Alte Seelen, die schon lange bei Gott sind, wollen dieses Wunder auch erleben. Sie strömen nur so zu IHM und wollen Urlaub bekommen. Aber jetzt wird ER knausrig. ER gewährt nur noch wenigen den Urlaub, eigentlich nur noch denen, deren Rückkehr IHM voraussichtlich besondere Nachrichten bringen werden.

Es dauert lange bis eine der neu ausgesandten Seelen zurückkehrt. Es macht IHM nichts aus, denn ER hat Geduld. Die Neuigkeit, die die erste zurückgekehrte Seele an IHN überbringt erfreut IHN aber gar nicht.

Die zurückgekehrte Seele berichtet über ihre Erlebnisse auf Erden mit deutlichen Worten:

„Ich habe erlebt, wie ein Heerführer ein großes Heer um sich versammelt hat, um den Herrscher über das immer noch große Reich, das die Welt beherrscht, von seinem Thron zu stürzen und sich selbst zum Herrscher dieses Reiches zu erheben[14].

Der bisherige Herrscher über das Reich verlor die Schlacht und wurde von seinem Thron gestürzt. Der Usurpator eignete sich die Krone an und machte sich zum Alleinherrscher. Das ist nichts Neues, das hat die Welt schon oft gesehen. Neu ist allerdings der Grund, den er für seinen Sieg angab. Er behauptete, Gott habe ihm diesen Sieg verliehen, weil er in seinem Heer christliche Soldaten aufgenommen habe.

Hast DU ihm den Sieg verliehen und ist das, was er, der Sieger behauptet wirklich wahr?

Hast Du ihm den Sieg verliehen und wirklich aus dem genannten Grund?

Er sagt, dass es das erste Mal sei, dass christliche Soldaten in einem heidnischen Heer dienen durften. Und dass das der Grund für den Sieg sei, weil sie so gut gekämpft hätten? Hat DEIN Sohn nicht den Frieden auf Erden verkündet? Wie kommt es dann, dass sich Anhänger DEINES Sohnes als Soldaten verdingt haben? Wie kommt es, dass DU nicht eingegriffen hast?"

ER schweigt. Warum soll ER auch mit einer armen Seele diskutieren? Wenn ER wirklich einen Grund hatte – die Seele würde IHN doch nicht verstehen.

---

[14] Schlacht bei der Pontischen Brücke

EINSCHUB: Die Schlacht bei der Pontischen Brücke bedarf einer historischen Erklärung. Ich unterbreche deshalb hier die Erzählung:

Kurz nach dem Jahr 200 unserer Zeitrechnung wurden die Institutionen in Rom so schwach, dass sie auf die Ernennung der Kaiser keinen Einfluß mehr nehmen konnten. Es begann die Zeit der Soldatenkaiser. Hatte ein Legionskommandeur das Kommando über drei oder vier Legionen, ließ er sich von diesen zum Kaiser ausrufen. So kam es, dass es mehrere Kaiser zur gleichen Zeit gab. Das Reich geriet ins Wanken.

Um 300 n.Chr. wurde Diocletian auf diese Weise zum Kaiser ausgerufen. Er reformierte das Reich, indem er die Teilung des Reiches auf zwei Hauptstädte festlegte, auf Rom selbst und auf Byzanz (Ostrom). Jede dieser beiden Hauptstädte sollte einen Kaiser, genannt Augustus, und einen Nachfolger, genannt Cäsar, ernennen. Mit dieser Regelung sollte das Reich wieder stabil werden. In Byzanz wurde Diocletian Augustus und als Cäsar Galerius ernannt. In Rom waren das Maximian als Augustus und Constantin als Cäsar.

Aber Constantin wollte nicht solange warten, bis er Augustus werden konnte und führte Krieg gegen Maximian. Diesen Krieg kennen wir als 'Schlacht bei der Pontischen Brücke'. Die Reformen des Diocletian, die das Reich bei konsequenter Anwendung wieder hätten stabilisieren können, wurden durch den Machthunger des Constantin unmöglich gemacht. Wir aber nennen ihn Constantin den Großen, nur weil er durch die Übernahme christlicher Soldaten in sein Heer gerühmt wird, das Christentum als Erster anerkannt zu haben.

ENDE des Einschubs. Es geht weiter mit der Erzählung.

Kapitel 6   Eine neue Ordnung

Wann immer sich Gruppen von Menschen bilden mit gleichartigen Vorstellungen vom Sinn des Lebens, mit gleichartigen Fragen, wie man sein Leben am besten bewältigen könnte oder auch wie es wohl gelänge, höchstes Glück zu erheischen, oder auch nur ähnliche Vorstellungen zu entwickeln über den Weg der glückhaftesten Zukunft, so bilden sich Gruppen von Menschen, die ihre Erfahrungen austauschen und bei Gleichklang auch auf gemeinsamen Wegen zum Ziel zusammenwirken. Solange die Gruppen klein sind, ist der gegenseitige Austausch einfach und der Gleichklang der Seelen ungestört. Wird die Gruppe größer und größer, werden sich immer Vordenker finden, die glauben, die besseren Wege zum Ziel zu finden als die Mehrheit der anderen. Sind das starke Charaktere, so werden sie ihren Weg gehen und die anderen mitziehen. Je größer die Gruppen werden, so zwingender wird es, die Vordenker durch Wahl zu bestimmen. Oder die Vordenker bestimmen aus eigener Machtvollkommenheit die besten Wege zu kennen und zu gehen und die anderen müssen einfach mit. In Glaubensfragen ist das der Weg, der sich eingebürgert hat. Die wichtigsten Köpfe, die klügsten

Köpfe oder auch nur die mächtigsten Köpfe treffen sich, um strittige Fragen zu entscheiden. Man nennt das dann Konzil.

Die Macht Gottes steht außer Frage. ER ist allwissend und unfehlbar. Sein Wille geschehe – es muß nur noch jemanden geben, der seinen Willen erkennt.

Aber was ist mit Seinem Sohn? Er ist als Mensch über die Erde gegangen. Hat sich nie göttlich gesehen aber doch göttlich gehandelt. Die unverrückbaren Gesetze Gottes hat er erleichtert oder erschwert, wie es die Situation erforderte. Und dann hat er erwartet, dass danach gehandelt wird. Ist das nicht göttlich?

Mensch oder Gott?

Das Konzil von Nicäa entscheidet den Menschen Jesus zum Gott zu erheben[15]. Alle, der sich bis dahin gebildeten Kirchengruppen stimmen dieser Entscheidung zu.

Aber keiner glaubt so recht daran. Eine zweite Entscheidung wird erforderlich.

---

[15] Konzil von Nicäa, einberufen und unter Teilnahme von Kaiser Constantin im Jahre 325

Im Konzil von Chalkedon wird bekräftigt: Jesus ist göttlich[16]. Nicht alle bestätigen diese Entscheidung, aber alle, die sie bestätigen glauben daran.

Wenn man so will ist damit die erste Kirchenspaltung vollzogen.

Die Anhänger des Vaters, den wir ab jetzt Jahwe nennen wollen, lehnen die Heiligen Bücher des Sohnes, die Evangelien, strikt ab. Die Anhänger des Sohnes, den wir ab jetzt Jesus nennen wollen, lehnen die Bücher Jahwes, die Bücher der Juden, die Thora, teilweise ab. Anerkannt wird das Buch Genesis und teilweise das Buch Exodus.

Jetzt scheint die Welt geordnet. Ein jeder kennt seinen Platz und weiß, wo er hingehört. ER kann sich zurücklehnen und muß keine alten Seelen noch einmal losschicken, um für IHN Informationen aus der Welt unten zu beschaffen. ER ist zufrieden.

Da kommen mehrere Seelen zu IHM, die gerade frisch eingetroffen sind. Sie wollen IHM Wichtiges aus der Welt erzählen. ER erteilt der ältesten Seele das Wort.

Die Seele hebt an und spricht: „Es hat eine große Veränderung gegeben. In der Hauptstadt der Welt

---

[16] Konzil von Chalkedon, einberufen von Kaiser Theodosius I, ohne dessen Teilnahme, im Jahre 381

gibt es keinen Regenten mehr. Sie haben sich alle selbst überlebt, mit ihren ewigen Kriegen, mit ihrem Machtmißbrauch, mit ihrer Geldgier. Das Volk hat sie davongejagt. Die oberste Autorität ist jetzt eine Person, die DEIN Wort verkündet. Sie nennt sich Pabst, Vater. Das Anliegen dieser Person ist es, DEIN Wort in der ganzen Welt zu verbreiten. Niemand widerspricht ihm, wenn er DEIN Wort verkündet und wenn er erklärt, was DU damit gemeint hast. Alle Bürger dort hören ihm andächtig zu. Er ist jetzt der wahre Herr dieses riesigen Weltreiches.

Eine andere Seele meldet sich zu Wort. ER fordert diese auf zu sprechen. Sie hebt an:

„Ich komme aus einem anderen Teil dieses riesigen Reiches. Ich muß erklären, dass dieses riesige Reich keine Einheit mehr ist. Es gibt auch keine einheitliche Regierung mehr. Ich komme aus dem Osten dieses ehemaligen großen Reiches. Die Herrscher im Osten dieses Reiches erkennen die Herrscher im Westen nicht mehr an. Und so, wie diese Regierungen in den Teilen des Reiches sich gegenseitig nicht mehr anerkennen, so sind auch die Verkünder des Glaubens an DICH, sich gegenseitig uneins. In den großen und mächtigen Städten des Ostens gibt es Popen, die vollkommen sicher sind, dass sie mit ihren Verkündigungen der Wahrheit wesentlich näherkommen als der Pabst im Westen."

Eine dritte Seele meldet sich zu Wort und bittet IHN sprechen zu dürfen. ER erteilt die Erlaubnis. Die dritte Seele hebt an und spricht:

„Ich bedanke mich für die Erlaubnis, sprechen zu dürfen. Ich war zu meinen Zeiten als Erdenbürger Kaufmann und habe als solcher alle Teile dieses großen Reiches bereist. Ich habe die Spaltung dieses Reiches, die sich erst langsam und dann immer schneller vollzog, in allen Phasen miterlebt. Und ich muß sagen, sie unterscheiden sich in nichts. Es geht allen nur um Macht. Die Autorität im Westen nennt sich Pabst und nennt sich katholisch. Die Autorität im Osten nennt sich Pope und bezeichnet sich als orthodox. Das bedeutet beides genau dasselbe – nämlich, sie sind im Besitz des wahren Glaubens. Das behaupten sie strikt und mit vollem Ernst. Ich glaube diese Spaltung ist nicht mehr rückgängig zu machen."

Und eine vierte Seele meldet sich zu Wort und spricht ohne weiter um Erlaubnis zu fragen:

„Ich habe das alles auch gesehen. Sie sind wirklich alle gleich. Sie haben den gleichen Glauben, sie tragen prächtige Gewänder, sie umgeben sich mit Gold und Silber und ihr Hauptaugenmerk richtet sich darauf, ihre Autorität bei den Gläubigen im Volk nicht zu verlieren."

Und IHM wird klar: nichts ist geordnet, nichts ist geregelt. ER kann sich nicht zurücklehnen, ER muß aufmerksam bleiben. Und ER muß weiterhin interessierten Seelen Urlaub geben und sich über die Vorkommnisse in der Welt informieren.

Den nächsten Urlaub erhalten Seelen, die schon lange bei IHM sind. Sie haben Abstand zu dem, was heute ist und sehen das Heute mit anderen Augen als die jetzt lebenden Menschen. Für die heute Lebenden ist das Jetzt normal. Die alten Zeiten sind Geschichte, die man vielleicht in einem Buch nachlesen kann, aber keine erlebte Geschichte.

Die alten Seelen werden heute wieder in die Welt geschickt. Sie werden sofort Unterschiede im Alltag der Menschen damals und heute deutlich erkennen. Trotzdem wird es eine Weile dauern, bis die Seelen wieder zu IHM zurückkehren, denn vor ihnen liegt die Spanne Erlebens, die alle für sich beanspruchen dürfen. Natürlich: ER hat ja keine Eile, IHM steht alle Zeit der Welt zur Verfügung.

Kapitel 7   Der neue Gott

Schließlich kommt die erste dieser zuletzt in die Welt geschickten Seelen zurück. Sie ist voller Aufregung:

„Es gibt einen neuen Gott!", ist ihr erstes Wort.

„Was sagst du da?"

Das ist das erste Mal, dass ER zur Botschaft einer Seele Stellung nimmt.

„Es gibt einen neuen Gott!", antwortet die Seele. Es folgt ein langes Schweigen.

„Wie kann das sein? Ich habe doch bestimmt, dass es neben mir keine anderen Götter geben soll. Keine, die verehrt werden, bestenfalls nur solche ohne Macht und ohne Kompetenzen [17]".

Langsam beruhigt ER sich wieder. Nach einer Weile fängt ER an über diese Situation nachzudenken. In meiner Sphäre, so ist sein erster Ansatz, habe ich noch nie ein Zeichen für einen anderen Gott gemerkt. Also bin ich in dieser Sphäre der einzige, also alleinige Gott. So, wie ich es nicht anders kenne. Das würde aber bedeuten, dass, wenn es diesen neuen Gott wirklich gibt, er in einer

---

[17] Buch Exodus, Kap. 20, Moses empfängt auf dem Berg Sinaï die Zehn Gebote

anderen Sphäre sein müßte. Das wiederum würde bedeuten, es gäbe zwei Sphären, in denen dann zwei Götter leben könnten, ohne voneinander zu wissen. Oder noch schlimmer: es könnte sogar unendlich viele Sphären geben mit unendlich vielen Göttern. Und jeder dieser Götter müßte einen Bereich von Menschen haben, die nur ihm dienen, einem Gott, der von den anderen Göttern nichts weiß. Das wäre für die Menschen fatal. Da jeder Gott nur für die ihm hörigen Menschen Regeln aufstellen würde, die Menschen aber nicht in diskreten Sphären leben, sondern alle auf einer Erde, ungetrennt voneinander, jede Gruppe aber meinen könnte, die ihnen von ihrem Gott gegebene Wahrheit sei die einzig wahre Wahrheit, würde es bis zum Ende der Zeit nur Kriege unter den Menschen geben. Trotz ewiger Apelle: Nie wieder Krieg! würden die Kriege niemals enden. Diese Gedanken gefallen IHM gar nicht.

Die Vorstellungen, die ER sich dann macht, um einen Ausweg aus dieser Situation zu finden, gefallen IHM noch weniger.

Die Nachricht von dem neuen Gott brachte eine zurückgekehrte Seele von der Erde. Vielleicht haben sich die Menschen auf der Erde diesen Gott einfach nur ausgedacht; haben ein Gesetzbuch geschrieben und nennen es eine Sammlung der neuen göttlichen Gesetze, nach denen jeder leben muß, wenn er nach seinem Tode im Reich des neuen Gottes leben will. Dann wäre der neue Gott ja nur ein Phantom und real gar nicht existent.

Dieser Gedanke beruhigt IHN wieder.

Aber nicht lange: was wäre, wenn sich die Menschen auch IHN nur ausgedacht hätten? Wenn sie dicke Bücher geschrieben hätten, um SEIN Wesen zu beschreiben und das ganze doch nur erfunden wäre, nur um einigen Wenigen, die diese Geschichten geschrieben haben und deren Inhalte verbreiten, Gelegenheit zu geben zur Macht zu gelangen.

Was wäre, wenn die Götter von den Menschen gemacht wären, um Machtstrukturen zum eigenen Vorteil zu entwickeln?

Diesen Gedanken will ER nicht weiterverfolgen, denn ER besteht auf SEINER Existenz.

Und ER fragt die Seele:

„Hat der Gott, von dem du sprichst denn Macht?"

„Er ist sehr mächtig. Viele Menschen folgen ihm."

„Kann man das sehen?"

„Er will die ganze Welt erobern. Er hat den Menschen ein heiliges Buch gegeben, darin steht, dass seine Kriege 'Heilige Kriege' sind, denen man folgen muß. Er fordert von den Menschen, dass sie die Welt mit Feuer und Schwert erobern sollen. Alle, die nicht an das ‚Heilige Buch' glauben sind seine Feinde. Diese haben kein Lebensrecht, höchstens als Lakaien der Gotteskämpfer. Diesen verspricht er, im Kampf verlorene Gliedmaßen werden durch Engelsflügel ersetzt, sowie gefallene Kämpfer erhalten im Paradies Jungfrauen.

Seine Anhänger werden immer mehr!"

Die nächste Seele, die zurückkommt berichtet, der neue Gott habe schon das Land, indem Jesus geboren wurde, erobert.

Nach und nach kommen die zuletzt ausgesandten Seelen zurück und berichten vom Siegeszug des neuen Gottes. Vom Zug nach Gibraltar, vom Zug Richtung Frankenreich und vom Ende des Siegeszuges im Frankenreich. Die mächtigen Franken haben den Siegeszug gestoppt[18]. Letztendlich hat der neue Gott doch viel Macht aufgehäuft.

ER, dessen Leitwort der Frieden auf Erden ist und SEIN Sohn, der die Nächstenliebe predigte waren, gebunden durch ihre Philosophie, nicht in der Lage diesem Siegeszug mit militärischen Mitteln zu begegnen. ER muß den neuen Gott akzeptieren.

---

[18] Schlacht bei Tours und Potier im Jahre 732; Feldherr (nicht König) der Franken war Karl Martell

Kapitel 8   Das Heilige Land in Gefahr

Seit der Geburt des Sohnes Jesus und seit dessen Verkündigung durch dessen Propheten sind viele Pilger ins Heilige Land gezogen, um die Heiligen Stätten zu besuchen und um durch diesen Besuch ihren Glauben zu stärken. Sie haben den weiten Weg nicht gescheut. Anfangs gingen sie am Pilgerstab mit schlechtem Schuhwerk und immer hungrig. Nicht alle haben ihr Ziel erreicht, nicht wenige haben, ausgemergelt durch die Strapazen der Reise, ihre Seele an Gott zurückgegeben. Trotzdem riss der Pilgerstrom nicht ab.

Bis schließlich eine berühmte und mächtige See- und Hafenstadt ihre Schiffe den Pilgern zur Verfügung stellte[19]. Auch das war für die Gläubigen, die unbedingt das Heilige Land sehen wollten, kein reines Vergnügen. Unter Deck, bei schlechter Luft, schlechter Verpflegung und ohne Möglichkeit sich zu bewegen, mußten sie ausharren.

Zudem war der Preis für die Überfahrt nicht für alle erschwinglich. Die Hoffnung auf ein gesundes Ankommen war für viele noch immer ein Trugbild.

---

[19] gemeint ist Venedig

Eine wirkliche Erleichterung war eine Seeüberfahrt nur für die, die es sich leisten konnten, die Wucherpreise für eine Deckspassage zu bezahlen. In früheren Zeiten hatten solche, die alle Strapazen überlebten, dann doch noch die Möglichkeit alle Heiligen Stätten ungestört zu besuchen, dort zu meditieren und so gestärkt in ihre Heimat zurückzukehren.

Mit der Eroberung des Heiligen Landes durch die Truppen des neuen Gottes änderte sich das zunächst einmal nicht. Jedoch merkten doch auch die Anhänger des neuen Gottes sehr schnell, dass hier Geld zu verdienen war. Der schnellste und einfachste Weg aus den Pilgern Nutzen zu ziehen, war es, den Zugang zu den Heiligen Stätten zu sperren und diesen nur freizugeben, nachdem der nun schon öfter geschröpfte Pilger wieder seinen Beutel geöffnet und für den Zugang eine Gebühr entrichtet hatte.

Wesentlich attraktiver war es, einem Pilger, der durch Auftreten und Kleidung einen gewissen pekuniären Hintergrund verriet, in Schutzhaft zu nehmen. Natürlich nur, um von ihm zunächst nur Schaden von Leib und Seele abzuhalten und ihn erst dann wieder in Freiheit zu lassen, nachdem die entstandenen erheblichen Kosten für die Schutzhaft beglichen waren. Für die gläubigen Christen Europas ein unhaltbarer Zustand.

Jetzt ist ER gefordert.

ER muß etwas tun.

Was kann ER nur tun?

Es wird IHM bald klar, dass ER seinen Ruf nach Frieden auf Erden aussetzen muß, um seinen Anhängern, die in fernem Land um seinetwillen leiden, zu Hilfe zu kommen. Und es wird IHM ebenso klar, dass das nicht allein mit guten Worten gehen kann. ER muß zu einem Mittel greifen das ER in Wahrheit doch verabscheut. So entschließt ER sich, einem Pabst zu suggerieren die Menschen zum Beistand der Pilger aufzurufen[20]. Dieser Papst ist nicht in Rom eingesperrt, isoliert von der ganzen Welt, ohne Wissen um das tägliche Leben der Menschen, die das Papsttum als Heil für ihr Leben auffassen – nein, er lebt in der Welt. Da ihm Rom versperrt ist, reist er durch die Länder, die der Glaubensauffassung nach zwar Rom verehren, aber nicht immer einer Meinung sind, welcher der Päpste

---

[20] Zum Zeitpunkt des Kirchenschismas gab es zwei Päpste; ER wählt für seine Mission den Pabst Urban

nun näher bei Gott steht. Und durch seine Reisen in Europa weiß er zweierlei: in welchen Regionen Europas er besonders geschätzt ist und dass es viele Menschen, vor allem Ritter gibt, deren Leben nicht ausgefüllt ist. So beschließt er, an einem Ort, von dem er weiß, dass dort gerade viele Menschen versammelt sind, in Clermont, die auf eine Aufgabe warten, und im Namen des Kreuzes fordert er ganz explizit die Aufstellung eines bewaffneten Heeres zur Hilfe für die Pilger im Heiligen Land. Die Kreuzzugidee ist geboren.

Der Erfolg, den dieser Aufruf nach sich zieht, überrascht den Rufenden über die Menge der ihm folgenden Ritter.

Nur die, die sich jetzt dem Aufruf stellen, sind in Wirklichkeit nur Abenteurer. Gewissenlose Gesellen, die dabei vor allem nur an Gewinn denken und nicht im Mindesten an Hilfe für irgendwelche Pilger. Als sich dann auch noch einer findet, der behauptet, er kenne den Weg ins Heilige Land, ziehen sie los.

Sie kommen dort nie an.

Vermutlich treffen sie unterwegs auf Leute, die wehrhaft genug sind, um denen die da kommen, ihre Räubereien unmöglich zu machen und ihre Schar aufzulösen.

ER, der die Folgen seines unseligen Aufrufes nicht erfahren wollte, hat keine Seelen losgeschickt, um darüber Kenntnis zu erhalten. So bleibt ER reinen Gewissens.

Dessen ungeachtet finden sich in den nächsten Jahrzehnten, ja, Jahrhunderten, immer wieder seriöse Heerführer mit fähigen Heeren, immer wieder motiviert durch den Zuspruch von Päpsten, die das ursprüngliche Ziel im Auge behielten und so die Errichtung eines Königreiches Jerusalem möglich machten. Die seriösen Kreuzzüge, das heißt, die die Befreiung des Heiligen Landes zum Ziel hatten, wurden angeführt von adligen Rittern, Kaisern und Königen, die in ihrem Tross auch adlige Fräulein dabeihatten. Die Lebensdauer dieses Königreiches war nicht lange bemessen, etwas über hundert Jahre, denn die Zahl der Feinde ringsum, die alle dem 'Neuen Gott' verpflichtet waren, war zu groß. Trotzdem konnten sich in dieser Zeit Dynastien etablieren, wie man sie in Europa auch kannte. Sogar Königstöchter aus diesen Dynastien wurden nach Europa verheiratet. Mit dem Erstarken der moslemischen Herrschaft im Heiligen Land, blieben die Kreuzzüge aus. Das bedeutet Kreuzritter braucht man nicht mehr. Sie verschwinden nach und nach oder versuchen anderswo ihrem Glauben zu dienen.

Auch Pilger bleiben aus. Auch sie suchen nach anderen Möglichkeiten Gott zu gefallen.

Kapitel 9   Zurück nach Europa

Als Einsiedler, versteckt tief in den Wäldern, hoffen sie ungestört ihrem Gott nahe zu sein.

Von neu ankommenden Seelen, deren Zeit auf Erden abgelaufen war, hört ER immer wieder von dem Bestreben heiliger Menschen, IHM durch einsames Leben nahe zu sein.

Das ist ein Verhalten der Menschen, das SEIN Interesse findet und ER fängt wieder an, gezielt alte Seelen zur Erde zu schicken, um zu erfahren, wie diesen Einsiedlern ihr Bestreben und ihre Sehnsüchte erfüllt werden. Das Leben einer Seele dauert viele Jahre und als die ersten zurückkommen, können sie sich nicht erinnern, wirklich Einsiedler getroffen zu haben. ER hört ihre Berichte mit großem Erstaunen an. Hier ein Beispiel:

„Einen wirklichen Einsiedler habe ich nie gesehen. Ich meine einen Einsiedler, der in Frömmigkeit lebt, um seinem Gott zu dienen. Natürlich gibt es Menschen, die einsam im Wald leben. Das sind Köhler, Menschen, die durch harte Arbeit ihren Lebensunterhalt verdienen. Sie schlagen Bäume, verarbeiten sie zu Scheiten, schichten diese, legen über dem so entstandenen Meiler dicht gepacktes

Gras und zünden im Innern des Meilers ein Feuer an. Das lassen sie lange brennen, bis die Holzscheite zu Holzkohle zerfallen sind. Die Holzkohle verkaufen sie im Dorf.

Um davon leben zu können, müssen sie immer mehrere Meiler gleichzeitig betreiben.

Manchmal erhalten sie auch Besuch von Leuten, die ihre Holzkohle selbst abholen. Einmal täglich kommt jemand aus ihrer Familie und bringt etwas zu essen und zu trinken. Das ist ein hartes Leben, das keine Zeit lässt, Gott zu ehren.

Ganz anders leben die Einsiedler, die vorgeben, dass sie nur deshalb Einsiedler sind, um DIR zu dienen. Jede dieser Einsiedeleien ist bei den in der Umgebung lebenden Menschen sofort bekannt geworden. Viele von ihnen zogen zu dem Einsiedler hin, weil sie hofften von ihm göttliche Worte zu hören. Auch brachten sie Kranke zu dem Einsiedler, in der Hoffnung, er könne wie einst Jesus durch seine in der Stille und Abgeschiedenheit erworbenen Kräfte, Kranke heilen. Ist das wirklich einmal gelungen, so ging der Ruf dieses Einsiedlers durch das ganze Land. Mit seiner Ruhe war es vorbei. Die Menschen ernannten einen solchen Einsiedler - der er ja nun nicht mehr war – zu einem Heiligen. Sie brachten ihm Nahrung und Kleidung im Überfluß, viele blieben auch für längere Zeit in seiner

Umgebung. Auch Reiche kamen immer häufiger. Sie beschenkten den Einsiedler mit Land und Material, sodass er sich mit der Hilfe der schon länger bei ihm verweilenden Besucher ein Klaustrum bauen konnte. Hinter den so entstandenen Mauern konnte er sich wieder verbergen. Einige der schon länger bei ihm verweilenden Besucher bleiben bei ihm."

Eine um vieles später zu IHM zurückkommende Seele berichtet:

„Ich habe im Land viele befestigte Plätze gesehen. Es gibt Befestigungen aus Holz und auch aus Stein. Die Befestigung wird Kloster genannt. Die Männer, die in solchen Befestigungen leben, nennen sich Mönche. Auch Frauen gibt es, die in solchen Befestigungen leben. Diese nennen sich Nonnen.

Ihr Leben besteht aus Beten und Arbeiten. Sie sind nicht reich und die notwendigen Arbeiten verrichten sie selbst. Sie leben nach festen Regeln. Es gibt eine feste Zeit zum Schlafen, es gibt eine feste Zeit zum Essen, es gibt eine feste Zeit zum Beten, es gibt eine feste Zeit zum Arbeiten, es gibt eine feste Zeit, Gott anzurufen.

Alles was sie tun, tun sie gemeinsam."

Nach langer Zeit kommt wieder eine ausgesandte Seele zu IHM zurück. Sie berichtet sofort:

„Ich habe im Land viele große Klöster gesehen. Die Klöster sind aus festem Stein errichtet, mit großzügigen Säulenhallen und mit viel Zierrat versehen. Rund um die Bauten der Klosteranlage verläuft eine feste Schutz- und Wehrmauer, auf der bewaffnete Söldner patrollieren, um das Innere des Klosters zu beschützen.

Die Mönche oder Nonnen, die das Kloster bewohnen, leben nur, um Dich zu ehren und um Dein Lob zu verkünden. Für Arbeiten, die innerhalb der Wehrmauer verrichtet werden müssen, sind Laienbrüder verpflichtet. Diese wohnen außerhalb des Klosters und werden für ihre Tätigkeiten nur zu bestimmten Zeiten in den Klosterhof eingelassen. In das Klaustrum dürfen sie nicht.

Die ausgedehnten Ländereien, die das Kloster besitzt, werden von den im umliegenden Dorf lebenden Bauern und Handwerkern bewirtschaftet. Es gibt große Anbauflächen für Getreide und Gemüse, es gibt Fischteiche, es gibt Obstgärten und vor allem gibt es große Weinberge. Das dafür benutzte Gerät wird von den Handwerkern gewartet.

Für ihre Dienste werden die Dorfbewohner mehr schlecht als recht belohnt. Sonntags haben sie frei und dürfen die Kirche besuchen.

Die Kirche gehört zum Kloster. Sie hat einen Eingang von der Dorfseite her und einen Eingang vom

Kloster her. Dazwischen gibt es eine feste Trennwand, die so gestaltet ist, dass das Volk aus dem Dorf die Gebete und Predigten aus dem Klosterteil hören kann, an den Gesängen teilnehmen kann, aber nicht in den Klosterbereich übertreten kann."

Alle diese Berichte hört ER sich geduldig an, ohne sie zu kommentieren. Für sich selbst aber resümiert ER: da ist schon wieder etwas einen falschen Weg gelaufen! Hat er die Menschen nicht alle gleich geschaffen? Und jetzt das! Und noch einen Bericht muß er sich anhören.

Eine zurückgekehrte Seele berichtet kurz und bündig:

„Ich habe noch etwas zu den Klöstern zu sagen: durch deren Reichtum und durch deren Macht müssen nach deren Meinungen ihre Anliegen auch von den Bischöfen und selbst vom Papst berücksichtigt werden."

Und wieder denkt ER bei sich selbst, schon ziemlich enttäuscht durch die letzten Berichte, „ach ja, um diese Päpste muß ich mich jetzt wohl auch noch kümmern!"

Dabei wird IHM auch sofort klar, dass ER dafür keine bei IHM weilende Seele beurlauben kann, denn bis diese zurückkehrt, dauert es viel zu lange. ER muß beobachten, welche Seelen jetzt zu IHM zurückkehren und dann sehr bewußt solche zum Berichten auswählen, von denen ER glaubt, sie haben zu dem gewünschten Thema Erfahrungen sammeln können. Es finden sich gleich mehrere, die kaum gefragt, sofort loslegen. ER muß sie beruhigen und darum bitten, dass eine nach der anderen ihre Beobachtungen vortragen soll.

„Die, die sich Papst nennen und aufgerufen sind Deine Vertretung auf Erden zu übernehmen, tun alles bloß nicht das. Die Menschen erwarten den guten Hirten, der seine Schafe führt und schützt. Stattdessen treten sie auf wie wilde Wölfe, die aus ihren Schafen alles herauspressen, was sich herauszupressen lohnt. Selbst dann, wenn es das Leben der Schafe kostet.“

Und eine andere Seele:

„Sie treten auf in reichen, goldverzierten Gewändern, obwohl doch Armut das göttliche Ideal ist. Sie haben große Eskorten, ebenfalls reich gekleidet und bis an die Zähne bewaffnet, um jeden sofort anzugreifen, der ihrem Herrn zu nahetritt. Obwohl DU doch die Nächstenliebe zum Ideal hast und jeder, dem auf die Wange geschlagen wurde auch noch die andere Wange hinhalten soll. Keiner kommt so nahe an diese Menschen heran, um auch nur eine Wange zu berühren.“

Und eine weitere Seele:

„Sie umgeben sich mit Helfern, die das Unrecht, das ihre Herren tun, verschleiern sollen und die dafür, genau wie der Papst, in Sauss und Braus leben. Man nennt diese Kardinäle. Davon gibt es hunderte. Und um dieses Amt zu erreichen, müssen sie an ihren Dienstherren Unsummen Geldes zahlen. Dieses Geld erpressen sie von den kleinen Leuten in ihrer Heimat in dem sie vorgaukeln, wer sein Geld an sie gäbe, gelange automatisch in den Himmel.“

Und weiter:

„Sie halten sich junge Mädchen, um ihre Wollust zu befriedigen und feiern mit diesen wilde Feste. Sobald eines dieser Mädchen schwanger wird, wird sie verstoßen und hat nun keine Wahl mehr, außer den Freitod zu wählen.“

Und weiter:

„Anstatt zu den festgesetzten Zeiten in der Kirche Deinen Willen zu verkünden, und mit Deinem Wort die Menschen aufzurichten, überlassen sie das ihren Handlangern und gehen lieber auf die Jagd um feines Wildbrett für ihre Tafel zu erjagen. Die Jagdbeute erlaubt ihnen dann mit ihren Kumpanen und ihren Mätressen wilde Orgien zu feiern ...“

ER ist entsetzt[21]. ER kann es kaum glauben.ER muß Gewissheit haben. ER entscheidet sich jetzt doch

---

[21] gemeint sind die Renaissance Päpste

wieder, einigen von den anstehenden, um Urlaub bittenden Seelen auf die Erde zu entlassen und auf ihre Berichte zu warten. Es wird lange dauern, bis die ersten zurückkehren, aber was bedeutet schon Zeit!

Schließlich kommen die ersten zurück und sprechen sofort bei IHM vor:

„Es ist alles wie früher schon einmal geschildert; genauer gesagt, alles ist nur noch schlimmer geworden." So ist der Grundtenor aller Erzählungen.

Nach und nach schleichen sich aber auch leise Töne der Hoffnung ein. Mutige Männer tauchen auf, die diesen Religionswahnsinn nicht mehr mitmachen wollen. Einige müssen ihre Heimat verlassen, weil sie gegen die Allmacht der führenden Herrschaft, des Papsttums, nicht ankommen. Manche verlieren sogar ihr Leben. So kommen die Nachrichten bei IHM an.

Nur einer der Aufrührer bleibt hartnäckig und knickt vor der Allmacht der Repräsentanten der religiösen Welt nicht ein. Sogar der Kaiser wird gegen diesen Aufrührer aufgeboten[22]. Aber der Aufrührer Martin Luther, steht unter dem wirksamen Schutz seines Landesfürsten[23], der diesen Mann sogar, wenn

---

[22] Karl V
[23] Kurfürst Friedrich der Weise von Sachsen

nötig, gegen sich selbst schützt. Mit nicht immer ganz feinen Mitteln. In der Not, um der Verfolgung zu entrinnen, muß Martin Luther in die Festungshaft auf der Wartburg. So bleibt er unantastbar und kann seinen Weg gehen. Die dort verbrachte Zeit nutzt er zur Übersetzung der Bibel. So kann auch der einfache Mensch das Buch der Bücher lesen und verstehen, was Gott ihm zu sagen hat.

In einer kleinen Stadt im Süden Deutschlands, in Augsburg, muß die allmächtige Papstkirche im Beisein des Kaisers nachgeben[24].

Fortan wird es zwei gleichberechtigte, christliche Kirchen in der Welt geben: die Papstkirche und die Reformierte Kirche. Damit ist die Welt aber noch nicht gerettet – wenn sie je gerettet werden kann.

---

[24] Gemeint ist das Augsburger Bekenntnis von 1530

Kapitel 10   Nach der Reformation

Die Auseinandersetzung zwischen den verschiedenen Auffassungen von Religion hat viele Gemüter erhitzt. Erhitzte Gemüter greifen gerne zur Waffe.

Es kommt zu vielen Kriegen.

Der erste Krieg bricht noch in der Zeit der Reformation selbst aus. Initiator ist Thomas Münzer, anfangs ein Mitkämpfer Martin Luthers. Luther ging es ausschließlich um die Reformation des Glaubens. Thomas Münzer aber wollte mehr. Er wollte eine Reformation der Gesellschaft derart, dass die Fürsten ihre Macht verloren und die einfachen Menschen nach eigenen Regeln leben konnten. Die beiden Reformatoren entzweiten sich – Münzer rief zum bewaffneten Aufstand. Es kam zu dem, was wir heute Bauernaufstand nennen. Sicherlich ein falsches Verständnis des Anliegens Luthers. Der aber mußte machtlos zuschauen wie der Aufstand um sich griff. Bald standen weite Teile Deutschlands in Flammen – die Predigten Luthers konnten daran nichts mehr ändern. Glücklicherweise waren es immer nur kleine Gruppen, die zur Waffe griffen, um Freiheit zu erlangen. Mit Religionsfreiheit hatte das allerdings nichts mehr zu tun. Die Fürsten schlugen zurück – der Aufstand der Bauern scheiterte.

In Frankreich entwickelte sich eine ähnliche Situation durch die Hugenotten und die langewährenden Hugenottenkriege. Sie kämpften mit wechselndem Erfolg um ihre Religionsfreiheit und um ihre persönliche Freiheit vom französischen Staat. Je nach der Gewaltbereitschaft des jeweiligen französischen Herrschers wurde ihre Freiheit toleriert oder bekämpft.

Unter Ludwig XIIII wurden sie besonders grausam verfolgt. Mehrere Hunderttausend Anhänger ihres Glaubens verließen Frankreich und flohen nach Holland oder Deutschland. Erst durch die französische Revolution änderte sich ihr Schicksal.

Nach dem Tode Martin Luthers zog Kaiser Karl V mit achttausend spanischen Reitern nach Deutschland, um die Reformation zurückzudrängen. Ihm stellten sich deutsche Truppen entgegen, genannt der Schmalkaldische Bund. Die Spanier gewannen zwar die militärische Auseinandersetzung, die Reformation blieb dadurch aber unbeeinflusst.

Auch in Rom erkannte man, dass eine Reform des Auftretens der Repräsentanten des christlichen Glaubens dringend nötig sei. Als Folge erstarkte auch der militärische Arm der römischen Kirche wieder.

Auch in Deutschland wurden die Anhänger der römischen Kirche wieder stärker und es kam zu den Kriegen der Gegenreformation. Die Militaristen hatten wieder das Wort und die Kämpfe der Gegenreformation griffen auf ganz Deutschland über, konnten jedoch von keiner der beiden Seiten siegreich entschieden werden und mündeten schließlich im Dreißigjährigen Krieg.

ER fragt sich: „Sind das die Menschen, die ich einst erschaffen habe?"

Und ER fragt sich weiter: „Wäre es nicht Zeit für mich zurückzutreten?"

„Und wen willst Du regieren lassen, wenn Du zurückgetreten bist?", fragt sich die ganze Welt.

„Ich werde den Teufel regieren lassen."

Am Ende eines großen welterschütternden Krieges kommt es zur Einwanderung der Anhänger Jahwes in ihr einstiges Land, in das Gelobte Land. Aber dort wohnen schon die Anhänger des neuen Gottes, Allahs. Natürlich kommt es zum Krieg. Trotz aller Friedensbemühungen, trotz aller Friedensnobelpreise kommt es zwischen den beiden Göttern nicht zum Frieden. Wie sollte es auch? Denn das Gleichgewicht der Kräfte zwischen den beiden Göttern bleibt erhalten. Die ganze Welt sorgt unablässig für Nachschub. Sie geben alle dafür humanitäre Gründe an. Aber Nachschub bleibt Nachschub. Auch so kann man Kriege trotz anders lautendem Willen, am Leben erhalten.

Nicht nur ER, auch alle anderen Götter sollten an ihren Rücktritt denken.

Und dabei hat sich ganz heimlich ein neuer Gott eingeschlichen. Er hat keinen Namen, keiner kennt ihn doch alle huldigen ihm.

Sein Symbol ist ein kleines flaches Kästchen. Fast jeder trägt es vor sich her, wie ein Amulett. Bei Bedarf spricht er in das Kästchen hinein und das Kästchen antwortet. Man kann dem Kästchen alle Fragen stellen. Das Kästchen weiß alles und kann alle Fragen richtig beantworten. Nur zu den wichtigen Dingen des Lebens hat das Kästchen keine Antwort. Aber das kommt vielleicht noch.

Dafür wächst die Macht dieser Kästchengötter ständig an. Bei allen banalen Dingen des Lebens mischen sich diese Götter ein. Nichts kann man erledigen ohne deren Zutun. Überall reden sie mit, sie nennen das allerdings Hilfe. Hilfe beim Kauf von Theaterkarten, Hilfe bei der Urlaubsplanung, Hilfe bei der Wegfindung und so weiter.

Wer an diese Götter nicht glaubt und ihre Einmischung verschmäht, wird mit steigenden Schwierigkeiten bei der Lösung der täglichen Probleme rechnen müssen.

Was diese Götter zunehmend beherrschen, ist ihre Möglichkeit sich zu verbinden. Eine Information, die einer dieser Götter aufgenommen hat, kann über viel Stationen dahin laufen, wo jemand Nutzen davon hat. Das kann man nicht vermeiden. Vermeidbar ist das nur, wenn man sich der Dienste dieser Götter enthält.

Das ist die einzige Wahl, die man hat.

Hat man diese Wahl wirklich?

Nachwort

Wenn dann meine Zeit um ist und ich das Ende spüre und meine Nachkommen vor mich hintreten würden und mich fragen, wie hast du deine Zeit verbracht? Würde ich antworten müssen, ich habe versagt. Aber das wird nicht geschehen, denn ich habe keine Nachkommen. Ich muß mich nicht rechtfertigen.

Du aber hast Nachkommen. Wenn sie vor dich hintreten, haben sie auf ihre Frage eine Antwort verdient. Mit Recht, denn wir werden ein Chaos hinterlassen, dass sie ausbaden müssen. Du aber wirst nur antworten können, Ich habe ihnen geglaubt!